かいとうドチドチ
どろぼうコンテスト

柏葉《かしわば》 幸子《さちこ》 作《さく》　ふくだ じゅんこ 絵《え》

山《やま》の　なかの　みずうみの　ほとりに、
ド・ヨクバーリだんしゃくの　おしろが　あります。
とうの　ある　おしろは、いつも　しずかです。
でも、きょうは、たくさんの　おきゃくさんで
いっぱいです。
みずうみを　見《み》おろす　へやに、また　ふたり、
おきゃくさんが　つきました。
ドチドチと　いう　とても　ふとった　おじいさんと、
サッサと　いう　とても　やせた　おばあさんです。

サッサは　さっそく、トランクを　あけました。ふたりの　きがえや、パジャマや、はブラシを　とりだします。

ドチドチは、コツコツ　つえを　ついて、へやじゅうを　あるきまわって　います。

「おじいさん、おちついて　ください。まるで、どうぶつえんの　くまみたいですよ。」

サッサが、まゆを　よせました。

「これが、おちついて　いられるか。わかい　もんには、まだまだ　まけんわい。」

ドチドチは、はなの　下《した》の　くつブラシのような　ひげを
ふるわせて、そう　いいました。

ドチドチは　むかし、かいとうドチドチと　よばれた
どろぼうでした。
とても　かわった　どろぼうです。
ドチドチは、とりかえっこどろぼうだったのです。
なにかを　ぬすみに　はいると、ドチドチは、じぶんの
くつ下《した》を　ぬいで、おいて　いきます。
その　くつ下《した》には、サッサが

『かいとうドチドチさんじょう』と 文字《もじ》を あみこんでいます。

ドチドチからの とりかえっこの プレゼントは、そのくつ下《した》の なかに はいって いるのです。

ぐつぐつ にえた カレーの なべが、はいって いたことも あります。

大《おお》きな 雪《ゆき》だるまが、はいって いた ことも あります。

その プレゼントは、もらう 人《ひと》が、とても ほしかったものばかりです。

だから、だれも、ドチドチが どろぼうに はいっても、おこりません。
みんな、わたしの　ところにも、かいとうドチドチが
きて　くれないかなと、まって　います。
でも　いま、ドチドチは、どろぼうを　やめて　います。
おいしい　ものが　大《だい》すきな　ドチドチは、ふとりすぎて
しまったのです。
あんまり　ふとりすぎたので、つえが　ないと
あるけません。
はしって、にげる　ことも　できません。
小《ちい》さな　入《い》り口《ぐち》には、おなかが　つかえます。

MAIL
BOX

でも、どろぼうを やめて いても、かいとうドチドチは、
ゆうめいな どろぼうです。
どろぼうコンテストが ある ときは、かならず
よばれるのです。

きょうも、ド・ヨクバーリだんしゃくの おしろで、
どろぼうコンテストが あるのです。
せかいじゅうから、ゆうめいな どろぼうが あつまって
います。
ドチドチも、もちろん、よばれて きたのです。

ひさしぶりに　どろぼうが　できるので、ドチドチは、とても　はりきって　います。

「これから　パーティーですよ。おじいさん、さっさときがえて　くださいな。」

サッサは、トランクから　大《おお》きな　かがみをとりだしました。

この　トランクも、くつ下《した》と　おなじで、どんな　ものでもはいります。

サッサは　きょうも、この　トランクに、山《やま》のようなにもつを　つめこんで　きました。

ドドチの　とりかえっこの　プレゼントに、どんな
ものが、ひつように　なるか　わからないからです。
サッサが　とりだした　かがみは、おしゃべりする
かがみです。
ドドチが、いじわるな　おきさきから　ぬすんだ
ものです。
ドチドチからの　とりかえっこの　プレゼントは、
しわとりクリームでした。
かがみの　おしゃべりに、うんざりして　いた　おきさきは、
クリームを　とても　よろこびました。

きょうも、 かがみは おしゃべりです。
「ドチドチが タキシードを きると、 ペンギンの
おばけみたいだ。」
と、 きがえた ドチドチを 見《み》て、 わらいます。
いつもは、 かがみと けんかを はじめる ドチドチです。
でも きょうは、 かまってなんか いられません。

パーティーが はじまりました。
にんじゅつを つかう、 どろぼうも います。
おじいさんも、 おばあさんも、 おとうさんも、

おかあさんも、いっかじゅう みんな、どろぼうを して いる かぞくも きて います。

へんそうの めいじんの、どろぼうも います。

ド・ヨクバーリだんしゃくが、あいさつを はじめました。

「せかいじゅうの どろぼうの みなさん、ようこそ いらっしゃいました。」

と、おじぎを しました。

「わたしの 家《いえ》には、おじいさんの、そのまたおじいさんの、そのまたまたおじいさんの ころから だいじに して きた、たからものが あります。その たからものを ぬすんだ

人《ひと》が、この　コンテストの　ゆうしょうしゃです。」

ド・ヨクバーリだんしゃくは、そう　いいました。

「ゆうしょうした　人《ひと》には、その　たからものを、さしあげます。」

それを　きいた　サッサが、フンと　はなを　ならしました。

「よくばりの　いう　ことは、あてに　なりませんよ。」

ド・ヨクバーリだんしゃくは、いやいやと　くびを　ふって、

「ほんとうに、さしあげます。」

と、むねを　はりました。

ぜったいに　ぬすめるもんかと、じしんまんまんです。

ドチドチも　サッサも、　かならず、　ぬすんで　やろうと
おもいました。
ほかの　どろぼうたちも、　そう　おもって　います。

へやへ　かえった　ドチドチは、　くろい　ようふくに
きがえました。
サッサの　あんだ　くつ下《した》を、　はきます。
それから、　ド・ヨクバーリだんしゃくの
またまたおじいさんの　ころから、　だいじに　して　きた
たからものとは、　いったい　なんだろうと　かんがえました。

ドチドチの　あたまに、きんの　かたまりや、キラキラする
ほうせきが　うかびました。
ドチドチは　まず、きんこの　なかみを　ぬすむ　ことに
しました。
ドチドチは　ふとって　いるので、じょうずに
あるけません。
あせを　いっぱい　かいて　しまいます。
やっと、きんこの　ある　へやへ、しのびこみました。
なのに、ド・ヨクバーリだんしゃくが　いて、きんこの
まえで、ダイヤルを　いじって　います。

ドチドチは、みつからないように、イスの うしろに
かくれました。
そこへ、もう ひとり、ド・ヨクバーリだんしゃくが
はいって きました。
「きみは、だれだ？」
「きみこそ、だれだ？」
と、おたがいを ゆびさして、どなりだします。
そこへ、また ひとり、そして、また ひとり、またまた
ひとり、ド・ヨクバーリだんしゃくが はいって きます。
とうとう、二十人《にじゅうにん》の ド・ヨクバーリだんしゃくが、

あつまって　しまいました。
「わたしが、ほんものの　ド・ヨクバーリだんしゃくだ。」
「いや。わたしが、ほんものだ。」
みんな、じぶんが　ほんものだと、いいはります。
どろぼうたちが　みんな、ド・ヨクバーリだんしゃくに
へんそうして　いるのです。
とても、きんこには　ちかづけません。
ドチドチは、へやの　そとへ　でました。
おどろいた　ことに、ろうかの　かべに　かけて　あった、
絵《え》が　ありません。

かざって あった かびんも、 なくなって います。
ほかの どろぼうたちが、 ぬすんで しまったのです。
ぐずぐずして いると、 なんにも ぬすむ ものが
なくなって しまいます。
ドチドチは また、 たからものって なんだろうと、
かんがえました。
ド・ヨクバーリだんしゃくは、 この おしろを とても
じまんして います。
でも、 この おしろは、 ド・ヨクバーリだんしゃくの
おじいさんが たてた ものです。

またまたおじいさんの　ころから、　あった　ものでは
ありません。
大《おお》きな　みずうみが　見《み》おろせるから、　じまんして
いるのかもしれません。
みずうみなら、　またまたおじいさんの　ころから、　ここに
あった　はずです。
みずうみが、　たからものかもしれません。
ドチドチは、　おしろの　そとへ　でました。
ドチドチは、　つえを　ついても　ノロノロとしか
あるけません。

さんじょう

ドチドチを　おいこして　いった、どろぼうが　います。
にんじゅつを　つかう、どろぼうです。
その　どろぼうは、まきものを　口《くち》に　くわえて、手《て》を
くんで　うなりました。
けむりが、パッと　たちます。
大《おお》きな　大《おお》きな　ガマガエルが、あらわれました。
ガマガエルは、みずうみの　ふちに　口《くち》を　つけて、
ゴクゴク　水《みず》を　のみだします。
みずうみの　水《みず》は、あっというまに、ガマガエルに
のみこまれて　しまいました。

さきを　こされた　ドチドチは、がっかりして、くやしそうに　くちびるを　かみました。

おもい　足《あし》を　ひきずって、ドチドチは　へやへかえりました。

「なにか　ぬすんだの？」

サッサが、あみものを　しながら　ききました。

「ぬすむものが　なにも　ないんだ。」

ドチドチは、ベッドに　たおれこみました。

「まぁ、かいとうドチドチとも　あろう　ものが、なんにも

ぬすめなかったなんて！」

サッサが、あみものを ほうりなげました。

「おじいさん、もう 一《いっ》かい、さがしに でかけますよ。」

サッサは、ドチドチを ベッドから ひっぱりだしました。

ふたりは、おしろの ちかに ある ろうやから、だいどころ、たくさんの へや、ふろばまでのぞきこみました。

たからものらしい ものは、どこにも ありません。

ドチドチは、足《あし》の はやい サッサに ついて あるくので、あせだくです。

とうとう、おしろの　てっぺんに　ある　とうの　へやまで、きて　しまいました。

その　へやは、ド・ヨクバーリだんしゃくの　へやでした。

のぞきこむと、ベッドも　イスも　カーテンも、じゅうたんも　ありません。

「みんな、ぬすまれて　しまったわ。」

さけんで　いるのは、ド・ヨクバーリだんしゃくの　おくさんです。

「しんぱいするな。たからものは、まだ　ぬすまれて　おらん。ハックション！」

ド・ヨクバーリだんしゃくは、下《した》ぎすがたで くしゃみをしました。

どろぼうたちは、ド・ヨクバーリだんしゃくが きて いるものまで、ぬすんだのです。

それでも、たからものは、まだ ぬすまれていないようです。

ド・ヨクバーリだんしゃくは、ゴロリと ゆかにねころびました。

そして、

「さぁ、うたって くれ。」

と、おくさんに　いいました。

おくさんが、きれいな　こえで　うたいだします。

うっとりするような、子《こ》もりうたです。

「おじいさん、たからものって、あの　子《こ》もりうたの
ことですよ。」

サッサが、ドチドチの　おなかを　つつきました。

「うーん。そうらしい。でも、どうやって　ぬすむんだ？」

ドチドチが　そう　きいた　とき、サッサは、

「わたしたちの　へやへ、かえりますよ。」

と、かけだして　いました。

サッサは、一足《ひとあし》さきに、じぶんたちの へやに かえって います。

ドチドチは、はぁはぁ いいながら、ドアを あけました。

そして、びっくりして 目《め》を むきました。

へやの なかは、足《あし》の ふみばも ありません。

もくば、ボート、ハトどけい、じてんしゃ、ティーポット、ながぐつ、うきぶくろ、ひゃっかじてん、なべ、バラの花《はな》たば、むぎわらぼうし、サッサが きのう やいたチョコレートケーキまで、ころがって います。

「ばあさん、こりゃ、いったい？」

ドチドチは、トランクを　さかさまに　して　ふりまわして　いる　サッサに、ききました。

「トランクの　なかに、冬《ふゆ》しょうぐんから　ぬすんだ、雪《ゆき》ぐもが　ある　はずなんですよ。」

それを　きいて、ドチドチも、ポンと　手《て》を　うちました。

雪《ゆき》ぐもは、ドチドチが　むかし、冬《ふゆ》しょうぐんから　ぬすんだ　ものです。

冬《ふゆ》しょうぐんは、いつも　ふきげんです。

ふきげんにも　なります。

だって、だれも、冬《ふゆ》しょうぐんに、へんじを　してくれないのです。
冬《ふゆ》しょうぐんの まわりに ふる 雪《ゆき》は、とても ふしぎな
雪《ゆき》です。
音《おと》を、どんどん すいこみます。
冬《ふゆ》しょうぐんが、
「あつい こうちゃを もって こい。」
と さけんでも、まわりに きこえる まえに、雪《ゆき》が
すいとって しまいます。
冬《ふゆ》しょうぐんが さけんだのに、冬《ふゆ》しょうぐんの 耳《みみ》にも、
とどきません。

冬《ふゆ》しょうぐんも、じぶんが　いま、なにを　いったのか、わすれて　しまいます。

ドチドチは、冬《ふゆ》しょうぐんの　あたまの　上《うえ》に　ある、雪《ゆき》ぐもを　ぬすみました。

サッサに　しかられる　ときに、その　雪《ゆき》を　ふらそうとおもったのです。

そうすれば、サッサの　こごとを　きかなくて　すみます。

ドチドチからの　とりかえっこの　プレゼントは、メガホンでした。

冬《ふゆ》しょうぐんは、まえより、ふきげんでは　ありません。

メガホンで どなれば、あつい こうちゃを もって きて もらえます。

「あっ、ありましたよ。」

トランクから、サッカーボールぐらいの 雪《ゆき》ぐもが、ころがりだしました。

ふたりは、雪《ゆき》ぐもを もって、とうの へやまで、おおいそぎで もどりました。

ド・ヨクバーリだんしゃくの おくさんは、まだ、子《こ》もりうたを うたって います。

ドチドチは、こっそり ドアを あけると、へやの すみに、雪《ゆき》ぐもを うかべました。

雪《ゆき》ぐもから、サラサラ 雪《ゆき》が ふりだします。

ゆかの 上《うえ》に、雪《ゆき》が 小《ちい》さな 山《やま》を つくります。

その なかに、ド・ヨクバーリだんしゃくの おくさんの うたごえが、すいこまれて いきます。

「あらっ、どうしたのかしら？　うたの つづきが でて こないわ。」

おくさんが、くびを かしげました。

「たしか、こうだった はずだ。」

ド・ヨクバーリだんしゃくが、うたって　みようと　します。
でも、もう　ふたりとも、あの　子《こ》もりうたは
うたえません。
ドチドチは、へやの　なかへ　こっそり　みを　のりだして、
雪《ゆき》を　かきあつめました。
そして、じぶんの　くつ下《した》を　ぬいで、へやの　なかへ
ほうりこみました。
ドチドチは、じぶんの　へやへ　かえると、かきあつめて
きた　雪《ゆき》を　ギュッと　かためました。
そして、その　雪《ゆき》の　かたまりを、トランクに

しまいこみました。
つぎの 日《ひ》の あさに なりました。
どろぼうコンテストの、ゆうしょうしゃの
はっぴょうです。
「たからものを ぬすんだのは、かいとうドチドチです。」
ド・ヨクバーリだんしゃくは、ねぶそくの まっかな 目《め》を
して、そう いいました。
ほかの どろぼうたちは、がっかりしながら、ぬすんだ
ものを かえします。

どろぼう
コンテスト

おしろの　なかも、　みずうみも、　もとどおりです。
ド・ヨクバーリだんしゃくが、
「かいとうドチドチ、　おねがいです。　あの　子《こ》もりうたを
かえして　ください。　わたしは、　あの　子《こ》もりうたで　ないと、
ねむれないのです。」
と、　あくびを　しながら、　たのみました。
ドチドチが　へんじを　する　まえに、
「やくそくは　やくそくですよ。　あの　子《こ》もりうたは、
もらって　かえりますとも。」
サッサは、　フンと、　はなを　ならしました。

どろぼう
コンテスト

ドチドチは、ド・ヨクバーリだんしゃくが、きのどくになりました。

「そう がっかりしなさんな。わしの くつ下《した》があるじゃろうが。」

ドチドチは、ドンと ド・ヨクバーリだんしゃくの かたをたたきました。

よるに なると、ドチドチの くつ下《した》から、ひつじがとびだして きます。
一《いっ》ぴき、二《に》ひき、三《さん》びき——と、かぞえて やると、

ひつじは　きえて　いきます。

かぞえて　いる　あいだに、ド・ヨクバーリだんしゃくも
おくさんも、いつのまにか　ぐっすり　ねむって　しまいます。

だから、あの　子《こ》もりうたが　なくても、ねむれます。

なのに、ド・ヨクバーリだんしゃくは、

「あの　子《こ》もりうたで　ねむりたい！」

と、だだを　こねます。

ド・ヨクバーリだんしゃくの　おくさんも、

「あの　子《こ》もりうたを　うたいたい！」

と、いうのです。

また うたって みようと するのですが、どうしても
おもいだせません。
ふたりとも、あの 子《こ》もりうたが だいすきだったのです。
ド・ヨクバーリだんしゃくは、
「かいとうドチドチから 子《こ》もりうたを とりかえしに
いくぞ！」
と、こぶしを ふりあげます。
ド・ヨクバーリだんしゃくの おくさんも、
「そうよ。とりかえして やるわ！」
と、うなずきます。

でも、こぶしを ふりあげて いる あいだに、メエメエ
なく ひつじで、へやじゅうが いっぱいです。
ベッドから おりる ことも できません。
「一《いっ》ぴき、二《に》ひき――」
と、あわてて かぞえます。
かぞえて やると ひつじは きえて いきます。
でも、その あいだに、ド・ヨクバーリだんしゃくも
おくさんも、いつのまにか、ぐっすり ねむって いるのです。

村《むら》はずれの　小《ちい》さな家《いえ》から、　よるに　なると、
ド・ヨクバーリだんしゃくの　子《こ》もりうたが　きこえます。
ドチドチと　サッサの　家《いえ》です。
でも、うたって　いるのは、　ドチドチでも　サッサでも
ありません。
おしゃべりする　かがみが、　うたって　います。
ドチドチと　サッサは、　家《いえ》に　かえると　トランクから、
雪《ゆき》の　かたまりを　だしました。
雪《ゆき》が　とけだすと、　なかから、
ド・ヨクバーリだんしゃくの　おくさんの、　うたごえが

きこえて　きたのです。
あの　子《こ》もりうたです。
それを、かがみが　おぼえました。
ドチドチも　サッサも、たのしい　ゆめを　見《み》ながら
ねむって　います。
かがみも　ねむく　なって　しまったようです。
大《おお》きな　あくびを　して　います。

あなたのこもりうた

柏葉《かしわば》　幸子《さちこ》

このお話《はなし》のなかのド・ヨクバーリだんしゃくの宝物《たからもの》は、こもりうたでした。宝石《ほうせき》でもお城《しろ》でもありませんでした。

「こもりうたが宝物《たからもの》って、へーん！」って、思《おも》いましたか？

「そんなの、宝物《たからもの》じゃない！」って、思《おも》いましたか？

わたしも子《こ》どものころは、こもりうたが宝物《たからもの》だなんて思《おも》っていませんでした。

だって、まわりのおとながしょっちゅう、うたってくれていました。

わたしのために、弟《おとうと》のために、小《ちい》さないとこたちのために。

お母《かあ》さんのうたう、こもりうたは、ちょっときどっていて、ブラームスやシューベルトのこもりうたでした。

おばあちゃんのうたうこもりうたは、ねんねこしゃっしゃりませ、でした。

おばのうたうこもりうたは、「ねんねんねこじまの」といううたいだしで始《はじ》まるこもりうたでした。

だれにうたってもらっても、こもりうたっていいものです。

おとなになると、だれかにうたってもらうこもりうたって、宝物《たからもの》に思《おも》えます。

わたしはとくに、おばのこもりうたが好《す》きでした。

ねこじまって、どこにあるんだろう？

ねこがすんでいる島《しま》のことなんだろうか？

疑問《ぎもん》がどんどんわいてきます。おばに聞《き》こう。ねこじまって何《なに》？　どこにあるの？

そう思《おも》っているあいだに、わたしはねむっているのです。

弟《おとうと》もいとこたちも、みんなわたしのように思《おも》っていたのではないでしょうか。聞《き》いてみなきゃ、聞《き》いてみなきゃ、と思《おも》っているあいだに、ねむってしまっている。

これぞこもりうた！　です。

お話《はなし》のなかにド・ヨクバーリだんしゃくのこもりうたは、どんな歌詞《かし》なのか、かいてありません。どんな歌詞《かし》だったのでしょう？

みなさんも、みなさんのおうちのこもりうたをそこにあてはめてみてください。

わたしには「ねんねんねこじまの」というおばのこもりうたがド・ヨクバーリだんしゃくのこもりうたに思《おも》えるのです。

どろぼうコンテストの宝物《たからもの》

森下《もりした》みさ子《こ》

ぬすむだけではなくて、とりかえっこをするどろぼうドチドチが、なんと、どろぼうコンテストにさんかすることになりました。力《ちから》もわざもあるどろぼうたちがあつまって、だれが一番《いちばん》かをきめるのですから、たいへんです。ド・ヨクバーリだんしゃくの宝物《たからもの》をみつけて、それをぬすまなくてはなりません。なまえのとおりド・ヨクバーリだんしゃくは、いろいろなものをたくさんもっているようです。けれど、いちばんだいじにしている宝物《たからもの》ってなんでしょう?

よるねるときになるとほしくなる、手《て》にもつことはできないけれど、これがあるとぐっすり……。あかちゃんは、たいていこの宝物《たからもの》をもっています。だから、あんしんしてぐっすりねむれるのでしょう。そう、ねむりのせかいにいくためのまほうのようなものです。なんだか、わかりましたか?

さて、ドチドチはとりかえっこどろぼうですから、この宝物《たからもの》のかわりになるものをおいてきました。むかしから、ひつじのかずをかぞえているうちにねむってしまう、といわれています。そこで、よるになると、ひつじがでてくるくつ下《した》をおいてきたようです。ひつじをかぞえていると、ほんとうにねむれるのでしょうか？　わたしは、やってみて、あまりうまくいきませんでした。いつも、そのひとがほしがっているものとりかえてくるドチドチですが、こんどのとりかえっこではドチドチがぬすんだもののほうがいい、とわたしは思《おも》います。

もうひとつ、ぬすむときのわざについても、ちゅうもくです。さむい冬《ふゆ》に、なんだかしずかだな、と思《おも》ってそとをみたら、まっしろに雪《ゆき》がつもっていた、ということはありませんか？　雪《ゆき》には、いろいろな音《おと》をすいこむせいしつがあるようです。

ねむりのせかいにいくためのまほうのような宝物《たからもの》、みなさんもさがしてみてください。

ほかにもドチドチはおもしろいものをぬすんで、びっくりするようなものをおいてきています。『かいとうドチドチ　びじゅつかんへいく』『かいとうドチドチ　雪《ゆき》のよるのプレゼント』も、おすすめです。

（白百合女子大学准教授《しらゆりじょしだいがくじゅんきょうじゅ》　児童文化専攻《じどうぶんかせんこう》）

作 家――柏葉　幸子（かしわば　さちこ）

1953年、岩手県に生まれる。東北薬科大学卒業。「霧のむこうのふしぎな町」で、第15回講談社児童文学新人賞、第9回日本児童文学者協会新人賞受賞。「ミラクル・ファミリー」で第45回産経児童出版文化賞受賞。「モンスター・ホテル」シリーズ（小峰書店）、「ラ・モネッタちゃん」シリーズ（偕成社）、『牡丹さんの不思議な毎日』（あかね書房）、『おばけ美術館へいらっしゃい』（ポプラ社）、『かいとうドチドチ　びじゅつかんへいく』『かいとうドチドチ　雪のよるのプレゼント』（日本標準）など、多数の作品がある。

画 家――ふくだ　じゅんこ

1961年、岐阜県に生まれる。武蔵野美術短期大学デザイン科卒業。武井武雄記念日本童画大賞奨励賞受賞（2000年）。イタリア・ボローニャ国際絵本原画展にて入選（2000年～2002年）。第5回ピンポイント絵本コンペ最優秀賞受賞。絵本に『あまいね、しょっぱいよ』『ふわふわ、ぽかぽか』（グランまま社）、『どろぼうがないた』（杉川としひろ作、冨山房インターナショナル）、挿絵に『かいとうドチドチ びじゅつかんへいく』『かいとうドチドチ 雪のよるのプレゼント』（日本標準）がある。

シリーズ本のチカラ
編集委員　石井　直人　宮川　健郎

シリーズ 本のチカラ
かいとうドチドチ どろぼうコンテスト

2009年4月20日　初版第1刷発行
2011年7月　5日　第2刷発行

作　家　柏葉幸子
画　家　ふくだじゅんこ
発行者　山田雅彦
発行所　株式会社 日本標準
〒167-0052　東京都杉並区南荻窪3－31－18
電話　03－3334－2241（代表）
ホームページ：http://www.nipponhyojun.co.jp/
装　丁　オーノリュウスケ
編集協力　本作り空　檀上聖子（編集）檀上啓治（制作）
印　刷　小宮山印刷株式会社
製　本　大口製本印刷株式会社

NDC　913/64P/22cm　ISBN978-4-8208-0396-6
◆ 落丁・乱丁本はおとりかえいたします。